This book
belongs to

~~~~~~

~~~~~~

~~~~~~

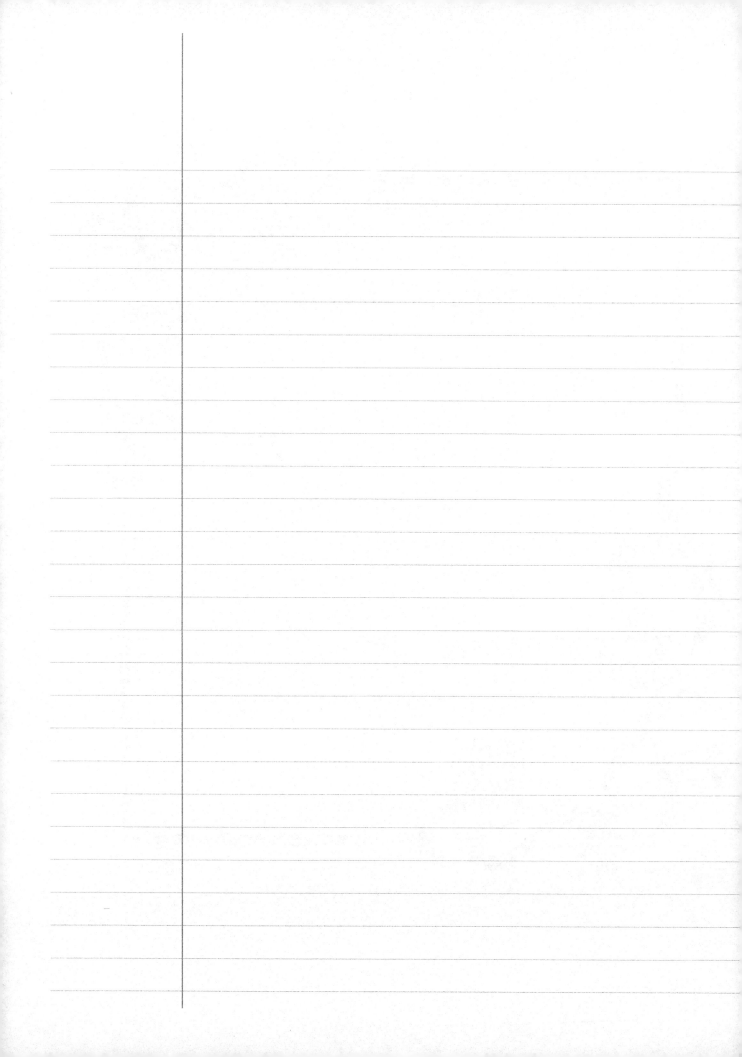

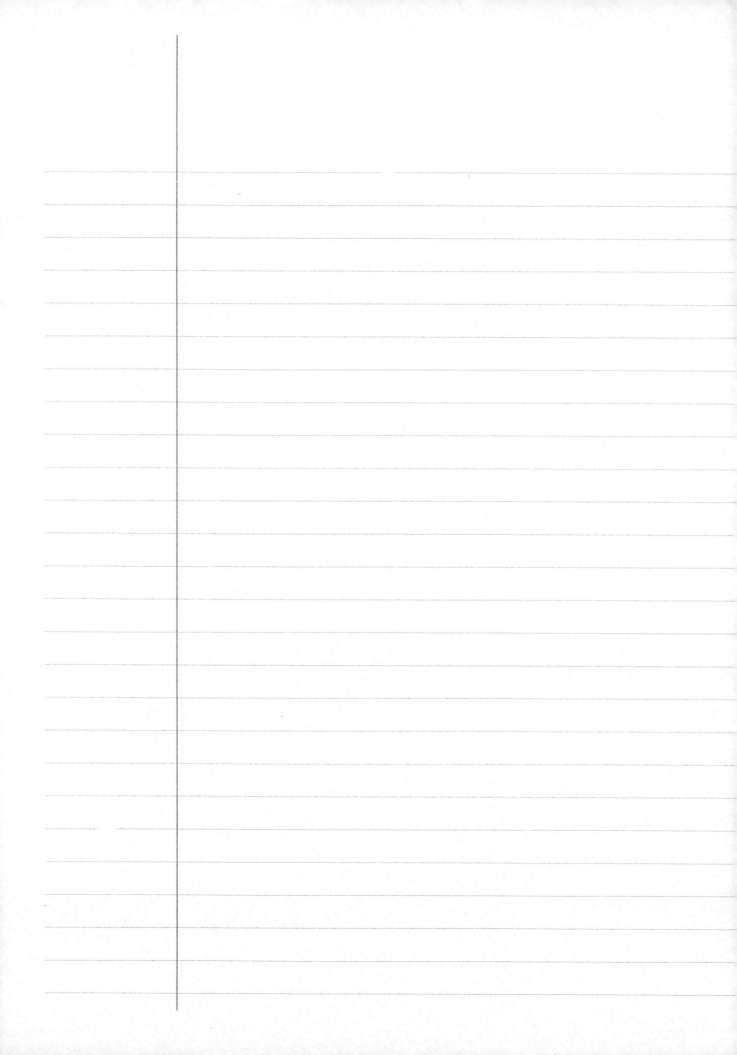

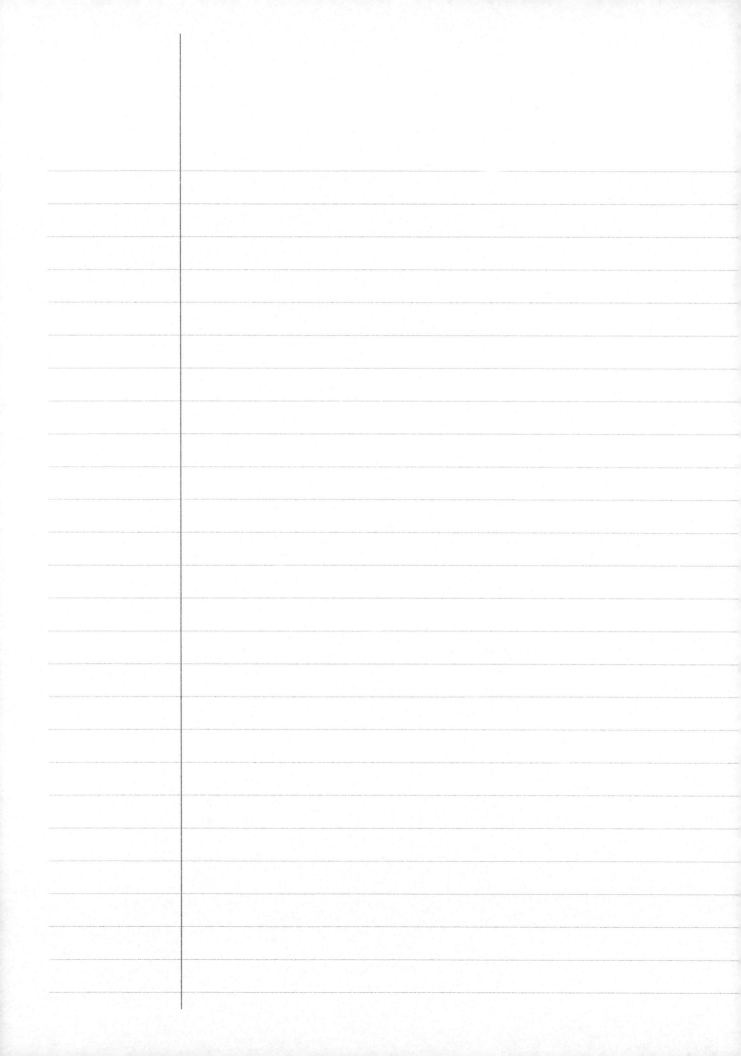

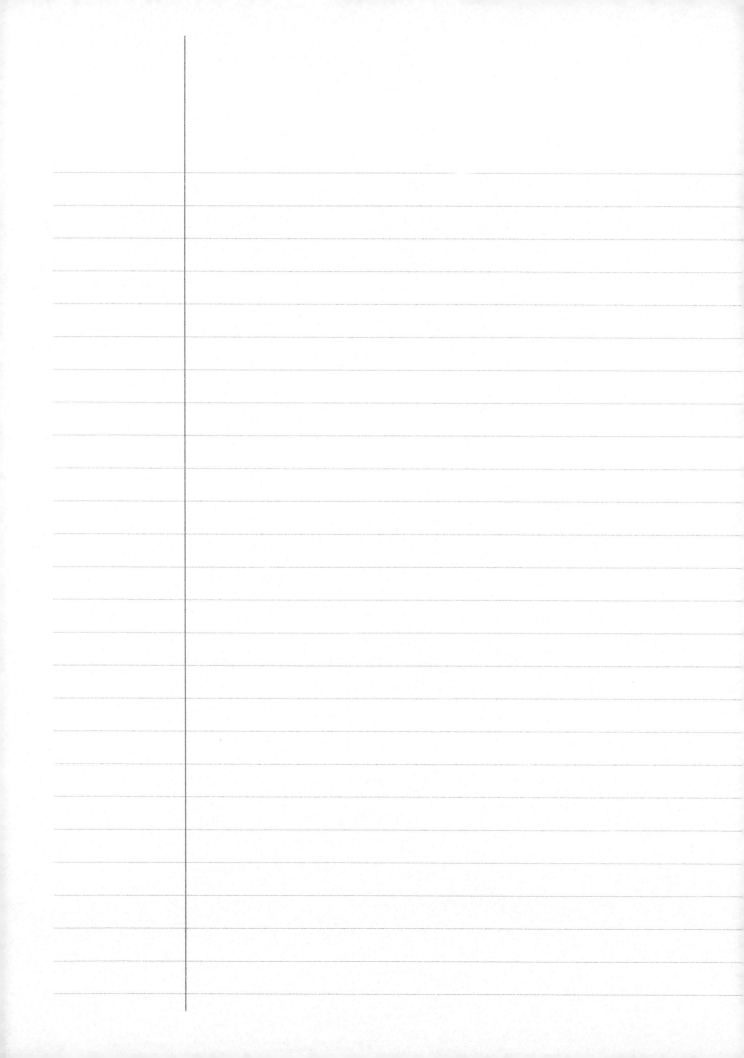

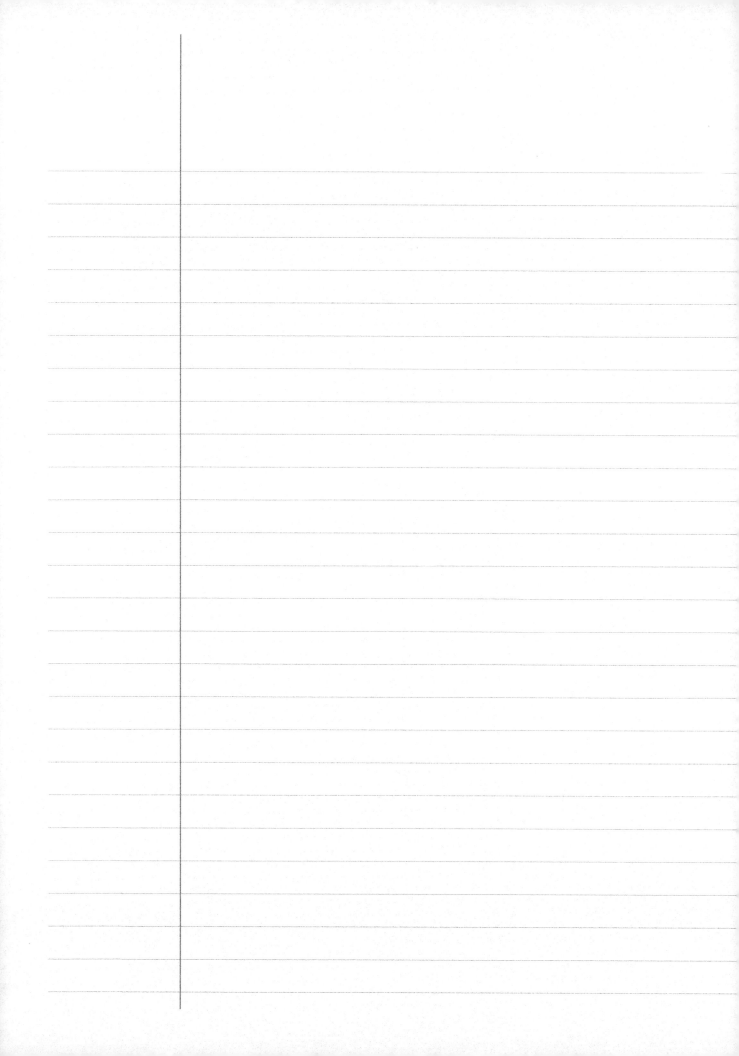

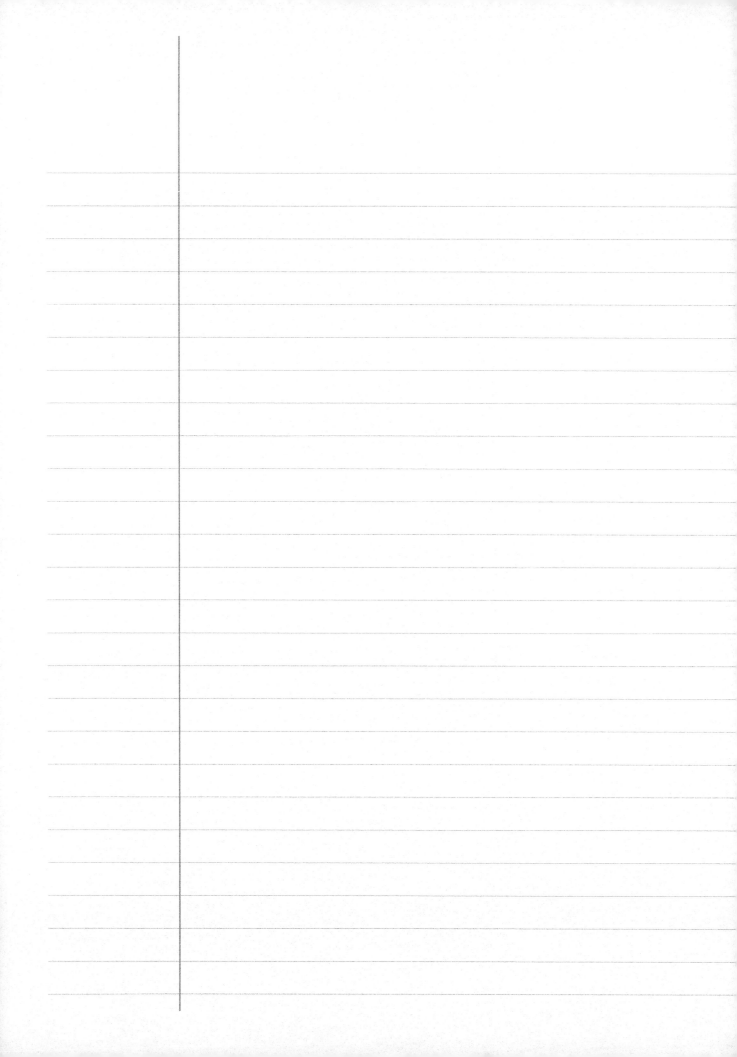

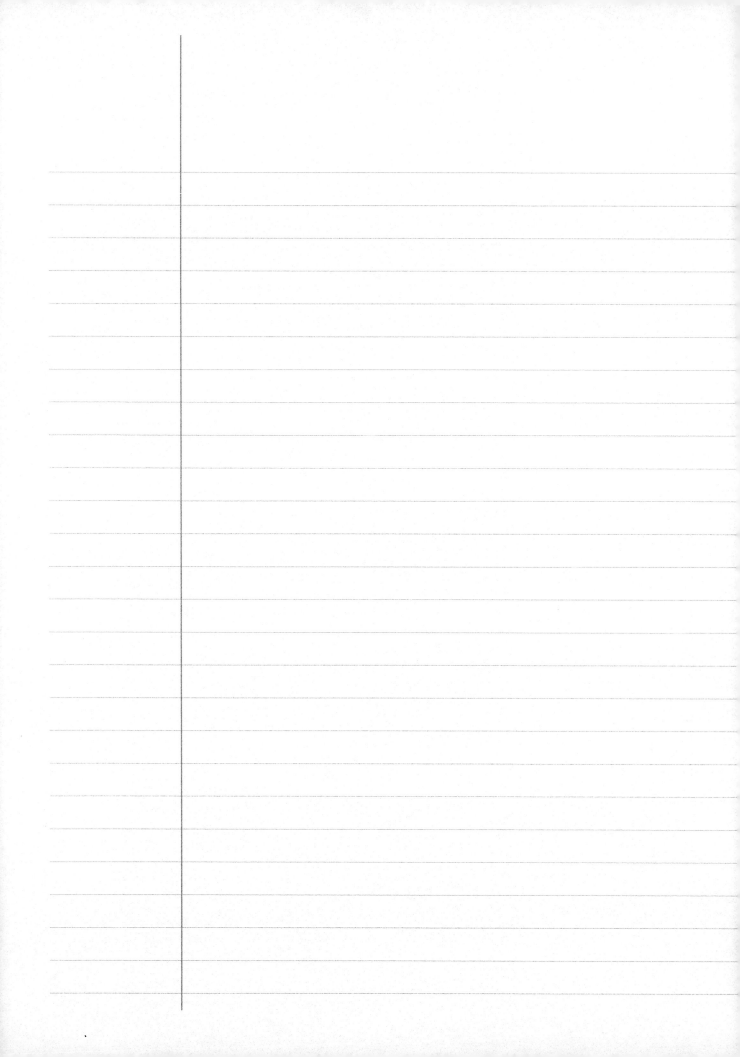

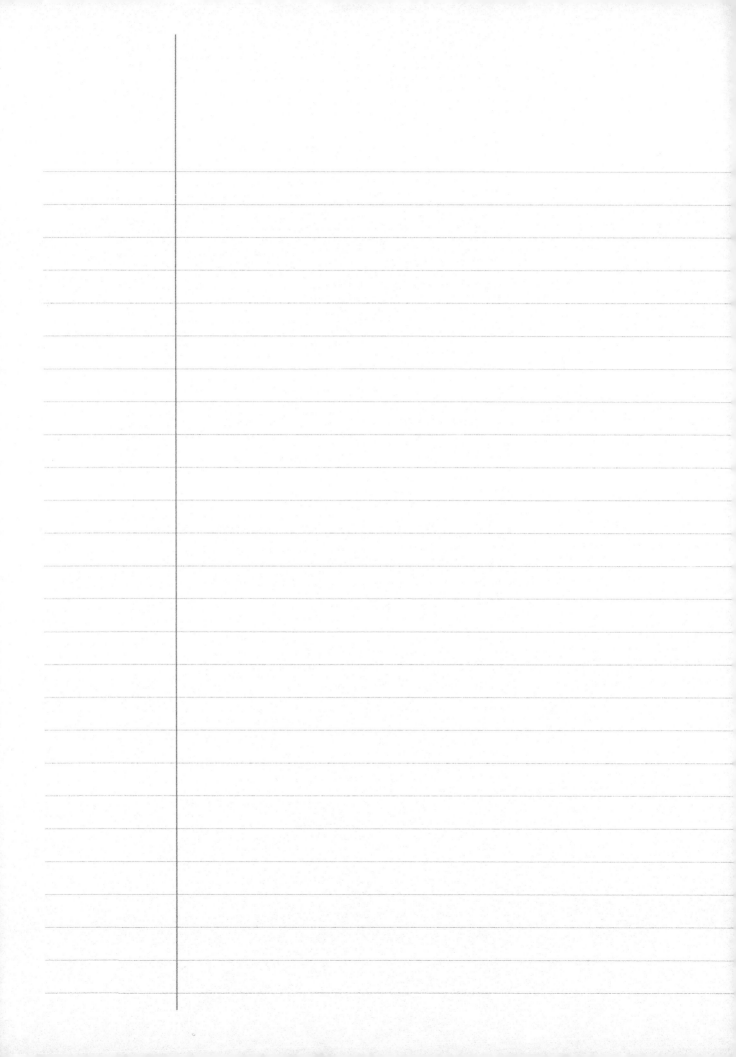

Made in the USA
Monee, IL
16 July 2022

99817479R00070